■ 시적 명상 에세이

바다에 관한 115장의 명상

시적 명상 에세이

바다에 관한 115장의 명상

정효구 지음

'호모 스피리투스'의 바다 공부에 부쳐

오랫동안, 나의 마음은 '바다'에 가서 머물러 떠날 줄을 몰랐다. 2008년에 출간한『마당 이야기』의 '마당' 이후 내 영혼이 찬탄과 감동과 사랑과 애틋함을 갖고 만난 것이 '바다'이다.

『마당 이야기』에서 나는 '마당'을 몽상하고 그 철학성과 영성을 현실 속에 전달하는 데에 마음을 쏟았다. 그 책의 뒷부분에서 나는 바다라는 마당과 마음이라는 마당에 대해 언급하고 기술하면서 상당한 미련을 남긴 채 글을 마쳤다. 이 두 가지 마당은 나에게 미래에 탐구할 중요한 과제로 남아 있었다.

한편으로 불교경전을 비롯한 여러 가지 경전 공부를 하면서 나는 소위 '마음 마당'에 대한 여러 권의 책을 썼다. 그러면서 다른 한 편 물질적인 바다를 찾아가며 '바다 마당'이라는 세계를 입체적으로 탐구하고 사색하는 시간을 가지려고 노력하였다. 그 '바다 마당'에 대한 공부가 지금 거친 대로, 부족한 대로 이 책에 담겨 있다.

이 시대, 우리들에게 절박하게 필요한 두 가지 마당은 '마음 마당'과 '바다 마당'이라고 생각된다. 이 두 가지 마당이 마련되고 발견되지 않으면 우리의 삶은 협소해지고 부박해지고 얕아질 수밖에 없다. 그 결과는 삶의 불균형과 그 불균형에서 오는 불건강함이다. 이 때의 불균형과 불건강함은 개인의 심신은 물론 사회 전반의 삶의 격이 낮은 단계로 하강하는 것이다.

바다는 이 시대의 최고의 화두이다. 육근(六根: 여섯 가지 감각)이라는 몸의 감각을 가진 인간들에게 바다는 일차적으로 육신의 불균형을 치유해줄 것이다. 그러나 그 철학성과 정신성, 미학성과 우주성을 읽어내야만 화두로서의 바다의 내적, 시대적 효용성은 기대한 수준으로 상승되거나 최고의 수준으로 격상될 것이다.

미흡한 글이지만, 인연 닿는 분들과 바다를 시대적 화두이자 내적 정신성의 세계로 앞에 놓고 대화하는 시간이 마련되기를 기대한다. 이 글은 '시적 언어로 쓴 명상 에세이'의 성격을 띠고 있으므로 시적 언어가 주는 특성과 명상의 세계가 주는 특성을 함께 느껴볼 수 있을 것이다.

나는 생각한다. 이 어려운 시대 속에서 항로를 잃고 좌충우돌하는 우리들의 삶이 어떻게든 좀 나아져야 한다고 말이다. 그리고 인간 된 자의 품위와 지금까지 가꾸어온 인간 종으로서의 정신세계가 어떻게든 꽃으로 피어나야 한다고 말이다.

그런 점에서 이 시대의 화두로 내어놓은 '바다'는 얼마간 의미를 지닐 수 있을 것이다. 물질적인 바다를 거쳐 그것이 영혼의 바다가 될 때까지, 쪽빛 바다를 거쳐 그것이 진리의 바다인 금강의 법해(法海)가 될 때까지 우리의 나날이 바다라는 화두를 품고 밝은 길로 나아갈 수 있게 되기를 소망한다.

2019년 6월
정효구

차례

제2부 바다는 묵언수행자이다

제3부 바다는 하늘을 마주하고 산다

제4부 바다에 한번 다녀오시지요

제1부

바다는 언제나 그곳에 있었다

바다 1

바다는 언제나 그곳에 있었다

오는 사람 막지 않고
가는 사람 잡지 않는다는 지혜의 대사원처럼

울타리도 없이
대문도 없이

초인종도 없이
편지함도 없이

맨몸으로 그렇게 그곳에 살고 있었다

바다 2

바다는 언제나 혼자 놀고 있었다

자족(自足)의 바다
지족(知足)의 바다

안부를 물을 필요도 없는
무사한인(無事閑人)이 그곳에 살고 있었다

바다 3

바다도 마음이 있는가 보다

검은색의 블랙 씨(Black sea)
황토색의 옐로 씨(Yellow sea)
붉은색의 레드 씨(Red sea)
초록색의 그린 씨(Green sea)

바다 마음 살피면서 하루를 보낸다

바다 4

바다의 리듬을 누가 다 들을 수 있을까

어떤 음악가도 그 리듬을 모두 다 듣고 받아 적지는 못할 것이다

『능엄경』이 찬탄하는 이근원통(耳根圓通)의 대도인이라도 되면 모를 일이다

그들은 세상의 악보 같은 것을 아예 불태운 지 오래된 분들이니까

처음부터 세상 소리 같은 것을 구별하지 않고 살아온 분들이니까

바다 5

바다는 아침마다 태양을 낳는다

바다는 얼마나 많은 숫자의 태양을 낳았을까

천재 수학자도 이것을 헤아리기 어려울 것이다

혹여 숫자를 넘어선 저 너머를 본 천안통(天眼通)의 사람이 있다면

그들이 조심스럽게 말문을 열 수 있을지 모를 일이다

그것도 비유를 빌려서 조심스럽게 말할 수 있을지 모를 일이다

바다 6

바다는 밤마다 달을 초대한다
하루도 빠짐없이
언제나 한결같이

달은 밤마다 바다를 방문한다
하루도 빠짐없이
언제나 한결같이

해인(海印)과 월인(月印)의 역사가 여기에 있다

바다 7

그 누가 바다 앞에서 무너지지 않을 수 있으랴

고집 센 대학자도
재산 많은 대부호도
권세 높은 대관료도
명예 높은 인기인도

바다 앞에선 무너지고 말리라
바다 앞에선 생심(生心)을 내어놓지 못하리라
자신도 모르게 무심(無心)의 경지에 있으리라

바다 8

바다는 태고부터 음양 놀이를 하고 있다

밀려왔다 밀려 나아가고
몰려 들어왔다 몰려 나아가고
쓸려 나아갔다 쓸려 들어오고
텅 비웠다가 다시 가득 채우고 있다

바다의 음양 놀이는 바다를 신생의 조화경으로 들어 올린다
놀이가 어떻게 신생과 조화의 길이 되는지를
바다는 수업료 없이 가르쳐준다
방학도 없이 무시로 시연한다

바다 9

바다는 그 자체로 한일자의 한 몸이다
다투고 나눈 자국이 없는 무상(無相)의 한 몸이다

대승의 수레바퀴를 돌리는 이 일체(一體)의 바다를 보고 온 날이면
새가슴처럼 겁 많은 우리들도 겨우 숙면의 근처쯤 갈 수 있다

바다가 전하는 변치 않는 대일심(大一心)의 큰 소식을 전해 들은 날이면
우리는 미뤄둔 숙제를 꺼내어 다시금 공을 들이며 조금씩 풀어갈 수 있다

바다 10

바닷새들은 바다의 상승하는 자유혼이다
바다가 길러낸 소중한 어린 생명들이다

바다 위에서 바닷새들이 겁도 없이 철부지처럼 유영한다
먼 곳으로 날아갔다 다시 돌아오고
발밑에서 놀다 다시 솟구치며 먼 곳으로 날아가버리곤 한다

새들을 품지 않았다면 바다는 너무나도 적막했을 것이다
새들을 기르지 않았다면 바다는 너무나도 허전했을 것이다

바다 11

바다에 가면 모든 병이 나을 것만 같다
바다에 가면 모든 일이 해결될 것만 같다

몇 번이나 완행버스를 바꿔 타고 명의를 찾아가는 사람처럼
나, 너, 우리,

응급 택시를 몰듯 차를 헐떡이며 몰고
좁고 가파른 길을 지나 수시로 바다를 방문한다

그런 바다는 왜 늘 먼 곳에 있는 것만 같을까?
그런 바다를 찾아가는 길은 왜 늘 이국의 길만 같고
그런 바다를 찾아가는 일은 왜 언제나 힘이 부칠까?

그래도
이 땅에 바다라는 의왕(醫王)이 있으니 다행이지 않은가

아프고 고단한 지구별의 사람들이 근근이 살아가고 있다면

아마도 이 의왕의 공덕이 그중 크리라

바다 12

바다 앞에서 우리는 비로소 ‘그냥’ 존재하는 것을 배운다

소유할 수 없는 세계가 있음을
포기해야 좋은 삶이 있음을
간섭할 수 없는 삶이 있음을
인정과 외경만이 거듭나는 삶임을

바다는
누구에게나 알려주는 설법자이다
누구나 배우고 가게 하는 수련장이다

바다 13

바다에 다녀온 사람에게서 바다 냄새가 났다
싱그러웠다

먼 바다에 다녀온 사람에게서 오래된 무한이 만져졌다
아스라했다

파도 소리를 듣고 온 사람에게서 음악 소리가 났다
최초의 음악 같았다

해풍에 몸을 말리고 온 사람에게서 정갈한 언어가 발음되었다
금강(金剛)의 언어 같았다

바다 14

때로 바다가 무섭게 느껴지는 것은
우리들의 마음이 연약하기 때문일 것이다

때로 바다가 든든하게 다가오는 것은
우리들의 마음이 의지처를 찾고 있기 때문일 것이다

때로 바다가 다정하게 느껴지는 것은
우리들의 마음이 바다를 사랑하기 때문일 것이다

그렇다면 때로 바다가 그리운 것은 무슨 까닭일까
아마도 우리들의 본적지가 그곳이기 때문일 것이다

그런 바다가
때로 존경스럽기만 한 때가 있다면

그것은

우리 마음 속의 '크고 반듯하고 넓은,'
'대방광(大方廣)'의 한 소식이
새봄의 새싹처럼 움터오기 때문일 터이다

바다 15

바다에 가서 한 일 년쯤 바다 공부만 하고 싶다

매일매일 향상되는 '바다'라는 제목의 신간 증보 텍스트를 펼쳐놓고
바다 소식 남김없이 읽어보고 싶다

바다에 가서 한 삼 년쯤 바다를 모시고 행자 생활 하고 싶다
누구에게 물어봐도 지구별의 제일가는 대스승은 바다이지 않겠는가

바다에 가서 남은 생 살아가며 고독한 수행자로 바라밀행 공부하고 싶다
나무반야바라밀의 큰 소식을 바다만큼 전해줄 이 따로 없지 않은가

나무반야바라밀!

나무바다바라밀!

나무반야바라밀다심경!
나무바다바라밀다심경!

바다 16

바다도 실제론 유위법의 세계이다
수소 원자 두 개와 산소 원자 한 개가 인연으로 만나 시설한, 크지만 연약한 덩어리이다

그러니 바다도 꿈 같고, 환상 같고, 포말 같고, 그림자 같으리라
아니, 이슬 같고, 번갯불 같고, 부서지는 낙엽 같으리라

그러나 바다는 유위법의 공부를 이미 철저하게 마친,
무위법에 진입한 대수행자만 같다

그렇지 않고서야 바다가

그토록 점잖은 규율과
그토록 무심한 선정과
그토록 밝은 지혜를

그토록 아무렇지도 않게 영원의 얼굴로 전할 수 있겠는가

바다 17

오직 바다밖에 없는 한바다의 한가운데서
천상의 하늘에 뜬 밤하늘의 별들을 우러러보며
지상의 묵은 때를 씻는다

오직 바다밖에 없는 한바다의 막막한 중심에 서서
오랜만에 옆에 앉은 사람들을 뜨거워진 연민의 마음으로 바라보며
새로운 인간애를 전율하듯 발견한다

바다 18

바다는 목전에서
큰 목소리로 대연설을 하는 웅변가가 있어도
확성기를 틀어놓고 고성방가하는 몰아(沒我)의 무리가 있어도
셔터를 눌러대며 길을 잃고 좌충우돌하는 여행객이 있어도

자신이 하던 일을 그대로 하며 아무렇지도 않다

바다는 그 문전으로
문학을 논한다고 베레모를 쓴 사람들이 왈칵 모여들어도
철학을 궁구한다며 식음을 전폐하고 밤을 새는 이들이 찾아와도
전도지를 나눠주며 기도삼매를 꿈꾸는 이들이 거쳐 가도

아무렇지도 않게 자신의 하던 일을 그대로 한다

아무렇지도 않은 무사함과 무사도인(無事道人)이 여기에 있다
아무렇지도 않은 태평함과 태평한인(太平閑人)이 여기에 있다

바다 19

그가 누구든지
바다 앞에 서기만 하면 바다로부터 눈을 뗄 수가 없다
바다가 이끄는 힘이 무한정인 까닭이다

그가 누구든지
한마음 앞에 서기만 하면 그 마음으로부터 눈길을 멀리할 수가 없다
대일심의 마음 바다가 무한정의 힘을 지닌 까닭이다

외부의 푸른 바다와
내부의 은빛 바다

이 두 바다를 통과해야만 우리의 삶은 아침 햇살처럼 정돈된다
이 두 바다를 공부해야만 우리의 삶은 저녁 은하수처럼 빛

이 난다

언제 우리가 이 두 바다의 끝 지점에 도달할 수 있을까

말할 것도 없이
이번 생이 모자라면 다음 생을 기약해야 할 것이다

바다 20

바닷가의 사람들이 바다를 보려고 방마다 큰 창을 내고 안달이다
바닷가의 집들은 큰 창을 달고 바다 쪽으로 한참 기울어져 있다

사람들은 이런 창을 통해 바다를 관찰하고
관찰하는 그들은 어느새 간화선 수행자처럼 고요해지고
그들이 들었던 '바다' 화두는 '무(無)'자 화두가 되어 늦가을의 과일처럼 조금씩 익어간다

바다는 이 세상의 둘도 없는 조사록(祖師錄)이다
활구(活句)가 그득한 선화집(禪話集)이다

바다 21

바다에 함박눈이 내리는 날이면
허공은 설렘으로 붐비는 선경(仙境) 같다

멀리 떠났던 바다의 식구가 날개 달린 천상의 꽃잎이 되어 귀가하기 때문이다

바다에 비가 내리는 날이면
허공은 전체가 길이 되어 순조롭다

멀리 떠났던 바다의 자녀가 다시 원숙한 성년이 되어 귀향하는 까닭이다

눈과 비는 바다의 꿈이다
바다는 그들의 귀가와 귀향을 언제나 기다리고 있다

바다 22

바다는 그 자체가 길이다
갈 곳도 올 곳도 따로 없는 '불거불래(不去不來)'의 법신(法身)이다

바다는 어느 곳으로 가도 모두가 길이다
어떤 인위도 초라해지는 천진의 땅인 까닭이다

바다는 길이라는 언어를 발음해본 적이 없다
길이라는 언어는 인간의 마을에서나 값이 매겨지는 터이다

그럼에도
바다에서 길을 찾는 이가 있고, 길을 잃는 이가 있다면
그들은 아직 바다를 모르는 초심자일 것이다

길을 처음부터 무화시켜 초월해버린 곳
몸 전체가 길인, 중도의 본향이 바다이다

바다 23

바다에 밤이 오면 바다는 소리의 바다가 된다

소리만으로 밤을 지새우는 바다 앞에서
소리의 계율인 해조음에 온몸을 맡기면
어느새 우리는 깊은 밤을 닮은 선정의 적요 속으로 들어가게 된다

만약 선정이 어떤 것이냐고 묻는 사람이 있다면
캄캄한 그믐밤의 한가운데서 해조음을 들으며 잠들어보게 하면 어떨까

그래도 선정이 이해되지 않는다고 재차 질문을 하면
다음 달 그 시간에 또다시 바다 리듬에 몸을 맡기며 쉬어보게 하면 어떨까

바다 24

해변을 따라 하루 종일 걷고 돌아오면
마음은 이전보다 맑아진다

해변을 따라 하루 종일 걷고 돌아와 종이를 펼치면
시어는 이전보다 푸르러진다

하루 종일 해변을 따라 걷고 돌아와 발을 보듬으면
두 발은 이전보다 다소곳해져 있다

하루 종일 해변을 따라 걷고 돌아와 잠이 들면
숨소리는 이전보다 평화롭고, 아침은 이전보다 일찍 밝아
진다

바다 25

바다는 인간들의 무의식 같다

카우치에 누워 자신의 깊은 곳인 무의식과 해후하듯
바닷가에 누워 심해 속으로 점점 마음을 기울이면

오래 묵은 인간사의 카르마와
시간을 잴 수 없는 지구사의 카르마가

실은 아무렇지도 않은 것이라고
실은 아무것도 아니었다고
모든 것이 괜한 소동이었다고
스르르 봄눈처럼 녹으며
우리를 건강한 첫 자리로 귀환시킨다

그래, 괜찮다……*

그래, 다 괜찮다……

처음부터 다 괜찮았고

나중까지도 다 괜찮을 것이라고

하나님의 음성처럼 부드럽고 믿음직한 목소리가 그 속에서 들려오는 것이다

---

* 미당 서정주의 시 「내리는 눈발 속에서는」을 생각하며

바다 26

눈이 나쁜 사람들은 바다로 가라
근시도 원시도 그곳에서 치유되리라

안목이 좁은 사람도 바다로 가라
육안(肉眼)의 한계를 넘어 혜안(慧眼)에 이르리라

마음이 좁은 사람도 바다로 가라
바다를 바라보면 접혔던 마음이 무한을 닮으며 펼쳐지리라

소화가 잘 되지 않는 사람도 바다로 가라
그곳에서 우리의 심장은 몸의 끝까지 피를 펌프질하며 건강해지리라

바다 27

해수관세음보살(海水觀世音菩薩)이 대해(大海)의 마음을 내어 중생들을 보살핀다
바다가 아니었다면 어찌 바위절벽에 서 있는 해수관세음보살께서
그토록 크나큰 자비행의 대모가 될 수 있었겠는가

미술관의 수월관음도(水月觀音圖) 앞에서 관람객들이 연신 감탄을 한다
바다와, 바다를 닮은 달빛의 그 맑고 따스한 공성(空性)이 아니었다면
어찌 사람들의 자발적인 사랑의 마음이 이렇게 움틀 수 있었겠는가

바다는 지혜의 철학이자 자비의 종교다

바다는 맑은 진실이자 따스한 미학이다

바다를 닮은 관음보살상 앞에서 이런 생각에 오래 잠겨본다

바다 28

해변의 벤치에 앉아 하루종일 바다를 바라다본다
벤치도 없어지고, 나도 없어지고
바다만 있는 저녁이 온다

해변의 벤치에 앉아 하루종일 물새들을 바라다본다
벤치도 잊고, 나도 잊고
물새의 자유만 평화로 흐르는 저녁이 된다

해변의 벤치에 길게 누워 하루종일 파도 소리를 듣는다
벤치도 눕고 나도 누워
파도 소리만 천지에 가득한 범음(梵音)의 저녁을 본다

제2부

바다는 묵언수행자이다

바다 29

몸 전체가 본문이자 본체인 바다
달리 부록과 잉여가 없는 삶

삶 전체가 진심이자 진실인 바다
달리 변명과 수사학이 없는 세계

세계 전체가 영원이자 실상인 바다
달리 초조와 의심이 없는 우주

바다 30

소리 내어 울기에 가장 좋은 장소는 바다이다
아무리 크게 울어도 그 소문이 바깥으로 새어 나가지 않기 때문이다

고함을 치기에 가장 좋은 장소도 바다이다
하느님이 놀랄 만큼 화를 내어도 그 소문을 바다는 외부로 흘리지 않는 까닭이다

바다는 말이 없는 묵언수행자이다

바다는 귀가 없고
바다는 말이 없고
바다는 코가 없고
바다는 눈이 없고

바다는 안이비설신의(眼耳鼻舌身意)를 본처에 반납한 크나
큰 바보이다

바다 31

바다의 무량함을 바라보며 보시바라밀을 공부하는 시간이다

바다의 파도를 바라보며 지계바라밀을 배우는 시간이다

바다의 일상(一相)을 바라보며 인욕바라밀을 받아 적는 시간이다

바다의 푸르름에 눈을 씻으며 정진바라밀을 연습하는 시간이다

바다의 의연함을 바라보며 선정바라밀을 닮아보는 시간이다

바다의 초연함을 바라보며 지혜바라밀을 거듭 되새기는 시간이다

바다 32

바다엔 지구별의 팔만사천 번뇌가 노크도 없이 쏟아져 들어온다
물의 최종 지점인 바다가 수용해야 할 지상의 임무인지도 모른다

바다는 이런 번뇌를 어떻게 해결하여 해탈하고 여여(如如)해질 수 있을까
팔만사천 번뇌를 팔만사천 공덕으로 바꾸는 바다의 비법은 도대체 무엇일까

지구별의 대공덕장인 바다를 자세히 읽어본 사람은 알 것이다

바다는 쉼 없이 파도를 일으켜 자신을 정화시키고,
바다는 깊은 곳에 아무도 모르게 왕소금을 저장해놓고,

바다는 해풍으로 온몸을 격하게 말리고,

바다는 하늘의 높이를 끝없이 사모하는 것을……

바다 33

바다를 찾아간다는 것은 나이를 먹어간다는 뜻이다
바다를 그리워한다는 것은 삶이 고단하다는 뜻이다

바다가 아니면 안 된다고 바다에 애착하는 것은
인공 도시에서의 삶이 극한에 와 있다는 뜻이다

그러니
바다를 찾아가지 않아도 되는 이가 진정 건강한 사람이리라
제 몸 속에 바다를 품고 있는 시대가 진정 건강한 시대이리라

바다라는 말조차 생각나지 않는 세계야말로 최상의 낙원이리라

바다 34

바다는 극약과도 같다

그를 찾아간 사람이 누구든지 단 한 번에 무너뜨리고 무너지게 한다

바다를 찾아가는 이가 많아졌다는 것은 아픈 이들이 많아졌다는 징후이다

지금은 누가 보아도 집집마다 도시마다 질병이 만연한 시대
바다의 약처방을 받으러 주말마다 사람들이 고속도로 위로 줄을 선다

이런 바다가 살아 있으니 그래도 아직은 다행이다
바다의 약 처방조차 듣지 않는 때가 온다면 인류는 어찌해야 할까

바다 35

깊은 산속의 대선사들도 바다처럼 극약 처방을 한다

단 한 마디 말로 아픈 곳의 핵심에 직입하여 그 아픔의 무게를 덜어낸다

한마디 짧은 직언(直言)으로 중생심을 허물고 인간사를 다시 시작하게 하는 것이다

바다 36

바다 앞에서 눈이 머는 기쁨을 느껴보았는가

바다 앞에서 귀가 먹는 환희심을 느껴보았는가

한 스님이

눈이 머는 기쁨을 권유하며 '치인(癡人)'이라는 당호를
귀가 먹는 환희심을 권유하며 '농산(聾山)'이라는 법명을

우리 시단의 시인이자 학자인 두 분에게 내려주신 것을
나는 그들의 고백적인 글을 통하여 소중한 비밀처럼 알고 있다

바다 37

바다는 평평(平平)하다
이렇게 평평한 세계는 달리 없을 것이다

그러나 그 평평함은 무력함이 아니라 유력함의 기호
그 평평함의 힘이 쌓여서 만든 것이 수평선이다

이제는 알 수 있지 않을까
이제는 말할 수 있지 않을까

수평선을 바라보면 왜 그토록 평화로워지는지……
수평선을 마주하면 왜 그토록 방심하게 되는지……
수평선을 품어보면 왜 그리도 너그러워지는지……

바다 38

바다 앞에선 외마디로 된 최초의 방언 몇 가지만 있어도 대화에 지장이 없다

아, 아아, 아아아……
와, 와와, 와와와……

이런 언어 이전의 탄성만으로도 인생이 해결되고 우아해지는 곳이 바다이다

두터운 사전을 버릴 수 있는 곳
난해한 언어학을 버릴 수 있는 곳
문장의 주어와 술어가 최초부터 한 몸이던 곳

그런 바다 앞에서
우리는 말을 잊는 연습을 한다
말을 회복하는 연습을 한다

바다 39

바다에 등대가 있다
등대는 바다를 비추는 인간의 등불이다

그러나
누가 장난감 같은 등대로 바다를 제대로 밝힐 수 있다고 생각하겠는가

실로 바다는 자등명(自燈明) 법등명(法燈明)의 길을 간다
부처님께서 열반에 드시며 남기신 진리의 유언을
말세의 이 땅에서 내색도 없이 실천하는 모범적인 제자이다

바다 40

바다를 캔버스 위에 지극정성으로 그려본다
바다가 자꾸 캔버스 밖으로 뛰쳐나간다

그릴 수 없는 바다를 그린 까닭이다
가둘 수 없는 바다를 가둔 까닭이다

누군가 그래도 바다를 그려야겠다고 물러서지 않는 용기를 낸다면
마음이란 캔버스 위에나 그려볼 수 있을까
보이지 않는 무변의 허공 터에나 그려볼 수 있을까

바다 41

바다를 바라보며 차를 마시면
생각을 담은 찻잔이 한없이 가벼워진다

지구의 삼분지 이를 장엄한 대평원의 물 위에
찻잔이 한 장의 꽃잎처럼 떠 있게 되는 까닭이다

크나큰 해원의 의젓한 무게 위에
찻잔이 손가락의 은반지처럼 조그맣게 채색돼 있는 까닭
이다

바다 42

바다의 낙조를 사랑한다고 말하며 서쪽으로 몰려가는 사람들은
아직 젊음이 남아 있는 것이다

바다의 낙조를 며칠씩 밤새워 상상하며 서쪽을 그리워하는 사람들도
아직 쓸 만큼의 젊음이 잔고로 남아 있는 것이다

만약 이런 추측이 어긋난 것이라면

그들은 서방정토 미타찰을 철석같이 믿고 살아가는 사람들이다
아미타불 염불하며 넘치도록 공덕을 쌓아놓고 살아가는 사람들이다

바다 43

봄바다가 꽃처럼 피어난다

바다도 사계절을 사는 까닭이다

봄날의 해상공원을 거닐다 보면
사람들은 부드러워진 바다 쪽으로 저절로 몸이 기울고
바다는 온화해진 사람 쪽으로 사랑인 듯 밀물치며 다가온다

바다 44

바다가 초등학교 상급반 아이들처럼 마구 달려오면
해변의 사람들도 그들처럼 달리기를 하고

바다가 갓 입대한 훈련병처럼 짙푸른 행진가를 부르면
여행자들 또한 이십 대의 청년처럼 목소리가 우렁차지고

바다가 지천명(知天命)의 장년처럼 고요해지면
사람들 또한 저도 모르게 안쪽으로 기울며 고요를 닮는다

바다는 크고 맑은 거울
사람들은 바다에서 자신을 비추어 보고
바다는 사람들을 비춰며 경계 없이 사람들 속으로 들어간다

바다 45

바다의 해안선은 순례길 같다

신중하게
적막하게
삼가면서
해안선이 허락하는 대로 따라가야 걸을 수 있는 영혼의 선이다

지름길이 통하지 않는 곳
비약도 허용되지 않는 곳

오직 주어진 선을 따라 그대로 종점까지 가야만 하는 외길

바다 46

세상은 무일물(無一物)의 세계라 하지만
바다엔 일물(一物)이 있다

바다는
하나로 살아가는 것을 보여주는 곳
하나로 돌아가는 것을 시연하는 곳
하나가 수를 넘어 철학임을 알려주는 곳

이러한 바다에서 일물의 공부 마치면
철학 중의 철학을 익힌 것이리라
철학조차 초월한 마음을 터득한 것이리라

바다 47

바다는 때로 풍경이어야만 하리
현실이 범접할 수 없는 비현실의 금지구역이어야만 하리

비현실의 풍경이 있음으로써 세상은 치유되고
비현실의 풍경을 보존함으로써 세상은 안정되고
비현실의 풍경이 펼쳐짐으로써 세상은 아름다워지리

바다가 비현실의 풍경으로 살아 있을 때
사람들은 봄날에 꽃씨를 심고,
여름이면 들녘에 농작물을 키우고,
가을이면 씨앗을 거두며 내년을 기약하리

비현실의 풍경이 살아 있는 곳은 좋은 세상
초현실의 신들이 아직도 천상의 언어로 사랑을 이야기할 수 있는 곳

바다 48

모래사막도 한때 바다였음을 사막의 바람 무늬를 보며 공부한다

바다도 한때 모래사막이었음을 해변의 모래알들을 만지면서 느껴본다

사막과 바다
바다와 사막

무상과 연기의 흐름 속에서
지구별의 두 극단이 서로를 외호하며 살고 있다

바다 49

바다 앞에서, 바다를 경전처럼 우러르며 사람들이 찬탄한다

선재(善哉), 선재(善哉)로다!

석가모니 부처님이 사랑스러운 제자들을 칭찬하실 때 쓰셨던 말씀을

세속의 사람들도 부지불식간에 바다경(經) 앞에서

똑같이 발음하는 것이다

선재(善哉), 선재(善哉)로다!

바다 50

해변의 절벽은 '백척간두진일보(百尺竿頭進一步)'의 진실을 가르치기에 가장 좋은 곳이다

절벽을 떠나 대본문인 푸른 바다의 한가운데로 진입해야 무엇이라도 시작할 수 있지 않겠는가

그래야 바다의 참마음인 일미(一味)의 근본법을 공부해볼 수 있지 않은가

바다는
극지에서 진일보한 사람에게 진면목을 보여주기 시작하는 곳이다
벼랑을 첫 지점으로 전환시킨 사람에게만 진실을 알려주기 시작하는 곳이다

바다 51

푸른 바다의 여래장(如來藏)엔 천상의 씨앗들이 가득하리
영원을 두고 반짝였던 별들의 씨앗
시간을 넘어서 불어 다닌 바람의 씨앗
공간을 부수며 떠다니던 구름의 씨앗
삼계(三界)를 넘어서서 더 높은 곳으로 비상하던 범천(梵天)의 씨앗

그런 씨앗들이 들어 있는 바다 속을 선남선녀들이 알 수 있을까
그런 씨앗들이 살아 있는 바다 속을 선지식이라면 나서서 알려줄 수 있을까

바다 52

바다가 썰물이 되어 제 몸의 허술한 변방을 허허롭게 드러낼 때
있는 것이 있는 것이 아니라는 불가(佛家)의 존재론이 떠오르고

바다가 밀물이 되어 가슴의 위쪽까지 벅차게 출렁이며 진입하면
없는 것이 없는 것이 아니라는 불가의 중도론(中道論)이 파고든다

없음과 있음
있음과 없음

바다의 썰물과 밀물은 이들의 묘용을 불이법문(不二法門)으로 강설한다

무설전(無說殿)의 무설설(無說說)처럼 강원과 언어를 넘어 강설한다

바다 53

밀려 나아가는 썰물 때의 바닷물은 어디로 간 것일까
밀려 들어오는 밀물 때의 바닷물은 어디서 온 것일까

이들이 오가는 길 위에서 부증불감(不增不減)의 묵은 이치를
사유해본다

바다 54

당신은
썰물 때의 바다에 더 마음이 붙들리는가
밀물 때의 바다가 더 사랑스러운가

쉽게 말하기 어려운 난제이다
스스로도 달라지는 찰나생 찰나멸의 자심(自心)을 제대로 읽어낼 수 없는 까닭이다

이쯤 해서 불구부정(不垢不淨)의 난해하나 지혜로운 가치론을 꺼내어 살펴본다

바다 55

태평양을 항해하면 그 끝 지점에서 대서양이 나오고
대서양을 항해하면 그 끝 지점에서 태평양이 기다리고 있다

태평양의 저쪽은 태평양의 피안
대서양의 저쪽은 대서양의 피안

그러고 보면 피안 아닌 곳이 없다

나무바다바라밀! 나무바다바라밀!
마하나무바다바라밀! 마하나무바다바라밀!

바다 56

지구별의 온 바다를 물길을 앞세우고 순종하듯 무심코 항해하면

항해의 끝자리는 첫 자리이다

지구가 둥글다는 것을

길이란 원만하다는 것을

마음도 본래 하나라는 것을

바다 여행 두루 하면 그대로 터득하게 된다

시험도, 과제도 없이 그대로 알게 된다

제3부

바다는 하늘을 마주하고 산다

바다 57

동서양의 모든 사람들이
똑같은 태양을 바라보고
똑같은 달빛을 사랑하며 살듯,

고금의 모든 인류는
일원상(一圓相)의 바다에서 출생하여
일원상의 바다로 되돌아간다

사람들은 누구나 동서고금을 초월하여
똑같은 하늘을 우러르며 살아가고
똑같이 북극성에 나침반을 맞추고 살아가는 생명

저도 모르게 한 살림을 하고
저도 모르게 한 길에 입류(入流)하여 함께 동행하며 가는 도반

바다 58

바다 앞에서
나는 일체의 의심을 철저히 버린 믿음의 사람이다

바다가 아무런 치장도 하지 않고 달려오듯
나도 일체의 교언영색을 버리고 바다를 향해 순정으로 달려 나아간다

의심 없는 삶이란 스스로 만든 자유의 문장
믿음의 삶이란 스스로 만든 행복의 문장

바다 59

불가의 말씀처럼

누가 우리 몸의 안쪽 깊은 곳에 생각의 감옥을 지었는가
감옥을 만든 자는 바로 사랑스러운 우리들 자신이다

누가 우리 몸의 심연에 가두어진 불편한 생각의 감옥을 부수었는가
감옥을 부순 자도 사랑스러운 우리들 자신이다

자업자득(自業自得)이요, 자작자수(自作自受)요, 자심자득(自心自得)이다

없는 것을 만들고, 만든 것을 부수다가
인생은 푸른 녹이 슬고 시간은 가난처럼 초라해진다

바다처럼

만들지도 않고

부수지도 않는 데

최상의 길이 있다

만들거나 부수었다는 생각이 없는 데에 최상의 삶이 있다

바다 60

바다에서 서핑하는 바람 같은 청년들을 보면
바다의 물결 따라 순행의 길을 간다

바다에서 날개 펴는 유연한 갈매기들 보면
파도 이랑에 몸 맡기고 태평하다

어쩌다 해변으로 떠밀려온 몇 잎의 수초들을 보면
아무렇지도 않은 듯 바다 향기 그윽하다

바다 61

컴퓨터를 켜면 시작 화면에 푸른 바다가 넘실댄다

바다처럼 지혜의 길을 열어가라는 신호이리라
바다처럼 지혜의 삶을 살아가라는 당부이리라
바다처럼 지혜의 글을 써보라는 권유이리라

바다 62

바다는 비교할 수 없는 무비(無比)의 대법신(大法身)이다
『화엄경』의 말씀처럼 대법신이 시방세계에 두루 가득하다

법신은 우리를 본처(本處)로 돌아가게 하는 힘
법신은 우리를 깨어나 눈뜨게 하는 힘
법신은 우리가 사랑이 되도록 기다려주는 힘

법신이 무엇이냐고 묻는 이가 있거든
푸른 바다가 펼쳐진 곳에 가서
법기둥 같은 물기둥을 느껴보게 하라
바다와 단둘이 머물면서 법신의 소식을 주고받게 하라

바다 63

푸른 바다가 만들어내는 열매 중의 으뜸은 왕소금이다

금강석 같은
칠보 같은
꿈 같은
진실 같은
사랑 같은

수미산처럼 수북이 쌓인 왕소금 더미 앞에서
바다의 깊은 속을 배워보라
천사보다 그윽한 흰빛의 왕소금 빛 앞에서
방광(放光)하는 진리의 밝은 이치 느껴보라

바다 64

염전(鹽田)이 들녘의 정리된 농경지처럼 반듯하고 가지런하다

염전에 내려앉은 아침 햇살이 찬란하다
염전을 다녀가는 바람의 표정도 묵직하다
염전을 휘돌아가는 새소리는 어른스럽다

밤에만 혼자 다녀가는 염전의 달빛은 노현자 같다

바다의 소금밭은 이처럼 놀라운 세계이다
공부거리가 많은 두터운 우주적 텍스트이다

바다 65

한반도의 남쪽 끝
부산역에 내리면 바다가 먼저 옆구리까지 바짝 다가와 아는 척을 한다

정신을 차리며
생명의 기운을 선사받으며
역사의 이곳저곳을 살펴보면

바다처럼 자유로운 스님들이
괴색 복장을 하고 여기저기서 한 소식 전하며 환하다

바다와 스님들이 아무렇지도 않게 세속의 역사를 드나드는 곳
이런 부산역을 나는 기쁨으로 상상하고 사랑으로 기억한다

바다 66

바닷가에서 눈을 뜨면 아침식사보다 먼저 드넓은 바다 쪽으로 마음이 간다
식사조차도 부차적이 되는 곳

바닷가에서 잠을 자게 되면 꿈속까지 파도 소리가 따라 들어온다
잠조차 바다와 함께 동침하게 되는 곳

바닷가에서 책을 읽으면 글자보다 바다의 푸른색이 눈앞에 가까이 도착해 있다
독서조차 바다의 푸른색을 거쳐야 하는 곳

바다 67

바다는 언제 잠을 자는가

걱정 많은 인간의 마음으로 바라보니 바다의 잠까지도 걱정이 된다

바다에겐 그 심연이 적멸의 지대이니 잠 같은 것은 사전에조차 없는 것일까

아마도 그럴 것이다

바다 밑은 공적(空寂)한 영지(靈地)이니

아무렇지도 않은 밝은 고요가 시간을 잊고 숨 쉬고 있을 뿐이리라

바다 68

바다의 파도를 번뇌라고 말하는 사람은 하나만 알고 둘은 모르는 것이다

바다의 파도 아래에는 부동심의 평평한 세계가 고전처럼 펼쳐져 있는 까닭이다

그렇지 않고서야 바다의 파도가
그처럼 탁월한 운율과
그처럼 놀라운 반복을
음악가처럼
수행자처럼
그칠 줄 모르고 새로이 만들어낼 수는 없을 것이다

바다 69

휴일도 없이, 방학도 없이
바다가 일념으로 정진하고 있다

존재 전체를 거듭나게 하려는 대원력의 수도인(修道人)처럼
전 과목을 통달하려는 뜻 높은 공부인(工夫人)처럼

바다는
누구의 눈치도 보지 않고
누구의 간섭도 괘념치 않고
밤낮 없이 정진하며 제 길을 닦아가고 있다

바다 70

정갈하고 드넓은 해변에 야자나무가 월계관처럼 우아하게 둘려져 있다

바다도 초월의 기표이지만
야자수도 초월의 표상이다

바다는 너무나도 넓어서 저 언덕을 가리키고
야자수는 너무나도 높아서 저 언덕을 가리킨다

바다 71

지구별의 모든 번뇌가 바다로 쏟아져 들어간다

바다는 지구별의 모원(母源)이자 귀원(歸源)이다

바다가 아니면 이 번뇌를 누가 받아서 품을까

바다가 아니라면 누가 이 받아서 품은 번뇌를 정화할까

바다 72

해변의 살림집도
해변의 묘지도

생사(生死)를 다스리는 방편이다

바다를 바라보며
바다를 닮아가며

삶도 죽음도 더 가볍게 들어 올리려는
인간들의 멈출 수 없는 소망이
여기에 있다

나는
이 꿈을
사랑스럽게, 안쓰럽게 바라본다

바다 73

밀려 왔으니 밀려 나아가는
밀물과 썰물의 정직한 인과법(因果法)

이루어진 것은 해체되고, 해체된 것은 형성되는
파도의 반듯한 무상법(無常法)

스스로 자신의 이름을 모르면서 평생 살아가는
바다의 놀라운 무아법(無我法)

바다 74

바다가 마주 보고 사는 것은 푸른 하늘이다

푸른 하늘이 푸른 바다의 거울이다

우리 근현대시의 첫 문을 연 최남선 시인도
그의 대표시 「해에게서 소년에게」에서
바다가 짝할 이는 오직 하나 있는 바
그것은 푸른 하늘이라고 목청을 돋구었다

푸른 하늘을 평생 마주하고 산다는 것은 은혜이다

그러니 푸른 바다를 알려면
푸른 하늘을 알아야 하리라
푸르다 못해 검은 '현천(玄天)'을 궁구해야 하리라

바다 75

구류(九類) 중생들이 해변에 남긴 무수한 욕망의 발자국을
일순 파도가 지워버린다

대책 없는 환지본처(還至本處)의 길이다

인간들이 해변에 두고 온 뭇 속삭임의 소란을
해풍이 일시에 거두어간다

대책 없는 원시반본(原始返本)의 길이다

바다 76

너도나도 바다가 푸르다면서 파란색 크레용을 들고 화면을 푸르게 색칠 중이다

젊은 시절의 시인 장정일은
한 문예지에 실린 대담에서
'바다가 푸르다'고 말한다면 그것은 남의 언어라며
시 작법에서의 참신성을 역설한 바 있다

맞는 말이다
그렇더라도 바다는 푸르다
푸르다는 말 이외에 다른 말을 가져올 방도가 없다

바다 77

동해안의 고찰(古刹)인 낙산사의 큰 법당은
낙산사를 외호하는 푸른 동해 바다이다

낙산사의 의상대도
낙산사의 홍련암도
낙산사의 관음전도

실은 동해의 푸른 바다가 그 처소이다

이것은 순전히 짐작일 뿐이지만,

낙산사를 그곳에 건립한 신라 시대의 의상 스님은
이것을 일찌감치 아셨던 것이라 생각된다

전국에 수도 없는 사찰을 세운 사찰 건립의 대가가
이것을 몰랐을 리는 전혀 없을 터이다

바다 78

푸른 동해 바다가 아니었다면
누가 험준한 태백산맥 너머의 그 외진 낙산사를 그토록 자주 방문했겠는가

낙산사의 전법사는
절 마당 앞까지 미리 도착해 있는 동해 바다이다

사찰 경내의 어느 곳으로도 넘실대며 밀려드는 푸른 동해 바다가
낙산사의 대포교사이다

바다 79

오직 물뿐인 바다는 너무나도 단조로울 것을 염려하여
곳곳에 섬들을 두고 있는가 보다

평평하기만 한 바다는 형상이 있어야만 범부들이 안심할 것 같아서
드문드문 섬들을 여기저기 배치하고 있는가 보다

바다의 깊은 속을 누가 알랴마는
섬들을 바라보며 이런 바다의 수사학을 짐작해본다

바다 80

한바다에서 며칠씩 밤을 새며 낚시를 하는 이들은
바다에서 도대체 무엇을 건진 것일까

바람을 건진 것일까
달빛을 건진 것일까
그대들의 마음을 건진 것일까

낚싯짐을 싸가지고 먼 바다에서 귀가하는 이들에게
조용히 다가가 속사정을 물어보고 싶다

오직
그들의 적요를 깰 것만 같아 삼가며 물러설 뿐이다

바다 81

취미로 하는 낚시는 분명 살생의 일
아직도 남아 있는 선사시대의 생존 유전자가 앞서는 일

그러나 나는 믿고 싶다

그들은 낚싯대 앞에서 방생을 공부했을 것이고
오래된 관습의 충동을 달래고 새 차원의 자유를 공부했을 것이라고

바다 82

이 땅의 바닷가엔
푸르게 모여 품격을 자랑하는 푸르른 해송(海松)들이 장관이다

바다가 물의 철학성을 전달한다면
해송은 나무의 미학성을 전해준다

철학과 미학!

푸른 바닷물과 푸르른 해송이 서로 마주하되 예의를 지키며
바다의 풍경을 깊고 아름답게 만들어간다

바다 83

산모가 해산을 하고 보약처럼 미역국을 먹는 것은 바다 냄새를 맡는 일이다

바다 기운이 아니고서야 어떻게 산모가 최초의 원기를 회복할 수 있겠는가

생일이면 사람마다 하얀 쌀밥에 미역국을 공양받는 것도 바다 냄새를 사랑하는 일이다

바다 기운이 아니고서야 이 사바세계의 탁기를 어떻게 정화시키고 중생(重生)시킬 수 있겠는가

바닷가의 건어물 상점마다 미역 다발이 수북하게 쌓여 있다

미역들이 건장한 청년의 모습으로 바다 냄새를 선사하고 있다

바다 84

바다의 가장 큰 공덕은 나뉜 마음을 하나로 이어주는 것이다

끝도 없는 시비와 분별 속에서 마음이 쓰리도록 상한 우리들에게

바다는
그게 아니라고,
그게 아니라고,

말 없는 말로 일깨우면서 하나가 되는 길을 안내하고 있다

제4부

바다에 한번 다녀오시지요

바다 85

바다도 매일 아침 거울을 보는 것인가
그렇지 않고서야 저리도 끼끗하며 의연한 모습을 드러낼 수가 없다

그런데 말이다……
만약 바다가 거울을 보았다면
그것은 1930년대의 모더니스트 시인,
본명이 김해경인,
그 청년 이상이 보았던 근대 문명의 유리 거울은 아니었을 것이다

짐작건대
바다가 본 거울은 선사들이 그토록 역설했던 '반조(返照)'의 거울이었을 것이다

반조의 거울이 아니라면 존재는 심층부터 온전히 정돈된 얼

굴이 될 수가 없다

제 안의 광명을 스스로를 빛나게 하여 환한 경지에 도달할 수가 없다

바다 86

늦여름 해변의 저녁 평화를 밀가루처럼 고운 모래알들이 완성한다
만질 수는 있으나 헤아릴 수는 없는 고움의 세계가 여기에 있다

그대는 헤아릴 수 없는 경지를 아시는가
헤아릴 수 없는 것의 경지를 사랑하시는가

바닷물이 본래부터 헤아리는 것을 허용치 않고 살았듯이
고운 모래알들도 헤아리는 인간들의 소심함을 처음부터 허용하지 않는다

바다 87

비길 데 없이 거대한 몸을 흐트러짐 없이 조절하며 사는 것을 보면
바다의 심지는 무척이나 깊고 굳고 강건하다

달과 함께 밀물 썰물의 반복 놀이를 지치지 않고 계속하는 것을 보면
바다의 평상심은 따라갈 이가 달리 없다

그 누가 달려와도 놀라지 않고 초연한 것을 보면
바다는 '소리에 놀라지 않는 사자처럼' 혼자서 가는 이가 분명하다

한자리에 머무른 채 이사 없이 평생을 사는 것을 보면
바다는 노마드 시대의 고목 같은 정주자(定住者)임이 분명하다

바다 88

컴퓨터를 켜니 바다를 찍은 동영상이 파도 소리를 내며 활발발(活潑潑)하다

궁색한 바다 소식이나마 그것만으로도 작은 위로가 될 때가 있다

누가 이렇게 바다를 기계에 담아와 푸르른 무주(無住)의 보시행을 펼치고 있는 것일까

바다를 육지로 배달하는 이의 공덕을 무한 찬탄하고 싶은 시간이다

바다 89

근대 건축사의 문제적 인물인 르 코르뷔지에가

말년에 바닷가에 4평짜리 오두막을 짓고 산 것이 화제이다

사람들은 4평이란 작은 공간과 숫자를 읽고 먼저 놀라고
바닷가라는 특별한 공간을 상상하며 다시 한번 더 놀란다

그러나
진정 사람들을 놀라게 한 것은 숫자도 공간도 아니었을 것이다

그것은
바다에게 주인공의 자리를 내어준 겸허였을 것이다
바다의 무한성을 인간의 마을에 살려낸 지혜였을 것이다

바다 90

흐르는 개울물도 아껴 쓰라고 말씀하신 한 스님의 교훈*처럼
무한을 가리키는 바닷물도 아껴 써야 하리

아끼지 않으면 어느 것도 무한이 될 수가 없나니
아껴 쓰는 마음에서 무한이 탄생되나니

그러고 보면
삶이란 아끼는 마음이 만드는 묘용(妙用)
큰 바다도, 큰 살림도 실은 아끼는 마음의 산물

---

* 선묵(禪默) 스님이 전한 은사 청담(靑潭) 스님의 말씀 : 유응오 편, 『이번 생은 망했다 : 우리시대 고승 18인의 출가기』, 샘터사, 2007 참조.

바다 91

바다가 인간의 마을 한 자락으로 흘러들어와
둥근 호수처럼 우아하고 평화롭다

그러나 그도 바다인지라
바다 내음 하루 종일 마을로 퍼져나가고
바닷새 야성의 기운으로 힘차게 소리치고
사람들의 대화도 조금씩 소금기로 절여진 목소리이다

이런 호수를 사랑처럼 마주한 녹색 공원의 나무 벤치에 앉아
저녁 한때를 느리게 쉬어본다
평범하나 싱싱한 저녁 한나절의 드문 휴식이다

바다 92

낮을수록 큰 그릇이 만들어지나니
큰 그릇엔 큰 마음이 담긴다

의상 대사가 지은 수작이자 명작인 「법성게」를 보면
다음과 같은 구절이 우리를 기다리고 있다

우보익생만허공(雨寶益生滿虛空)
중생수기득이익(衆生隨器得利益)

생을 이롭게 하는 보배비가 허공에 가득한데
중생들은 자신의 그릇에 따라 그 보배비를 받아 담고 살아
간다는 뜻이다

바다를 담은 그릇이자 기틀은 지상에서 가장 크다
낮아지고 넓어짐으로써 보배비를 넘치도록 받은 것이 바다
이다

바다에서 우리는 큰 그릇과 큰 기틀을 본다
큰 그릇과 큰 기틀에 담긴 보배비를 본다

바다 93

바다는 언제나 육지로부터 반 옥타브 정도 아래쪽에 머문다

저음의
낮은 곳의
설명할 수 없는 울림이 여기에 있다

큰 산의 높이가 만드는 고음부도 우리를 죽비로 흔들어 깨우지만
큰 바다의 저음부가 만드는 낮은 소리도 우리를 범음으로 일깨운다

바다 94

바다엔 간판이 없다

간판이 없어도 사람들은 바다에 이르는 도정을 바르게 알고
간판이 없어도 바다를 모르는 사람은 이 땅에 아무도 없다

간판 없이 존재하는 것이 최상승이다
간판 없이 사는 것이 최고선이다

바다 95

간판을 온몸에 붙이고 인류는 어디로 질주하는 것일까

오늘은 모든 일을 접어두고

간판 없이 사는 바다의 존재론을 사유해보자

바다 96

탑돌이를 하듯 섬의 둘레를 돌며 사람들이 바다 공부를 한다

바다는 좀처럼 아무 말도 하지 않겠지만

사람들은 무언의 바다에서 많은 것을 배우고 떠나리라

마음이 열리는 분량만큼 바다의 전언을 받아 안고 떠나리라

바다 97

한여름이면

바다의 순례객들이 해변에 틈 없이 몰려와 텐트를 치고 며칠씩 머문다

그립고 보고픈 사람의 향훈을 맡고 싶어 하듯

사랑하는 사람의 주변을 맴돌고 싶어 하듯

사람들은 그렇게 바다를 연모하며 찾아와

며칠씩 머물다가 떠나는 것이다

바다 98

저녁 무렵
서해 바다가 길게 다리 뻗고 누워 평화롭게 쉰다

장사하던 상인들도
지나가던 행인들도

이런 바다에 마음을 빼앗기며 함께 누워서 쉰다

그러고 보면 쉼조차 무엇인가와 함께하는 것
바다의 쉼은 수많은 사람들에게 쉼의 시간을 전해준다

바다 99

바다는 요즘 미술계의 화제인 단색화의 원형과 같다

같은 색을 덧칠하고 덧칠하여 마침내 깊어지고 넓어지게 하는 것
동일성의 마음으로 현현(玄玄)함과 여여(如如)함의 경지에 이르는 것

바다의 과업은 이런 단색화를 그리며 길을 가는 것이다

바다는 아직도 작업 중이어서 미완성의 길 위에 놓여 있으나
네모난 화랑에 갇혀 단색화를 감상한 사람들은
바다로 나아가 그 본래면목을 보는 것이 좋으리라
그 진풍경을 만나보는 것이 좋으리라

바다 100

고산(高山)에서 심해(深海)를 보고
심해(深海)에서 고산(高山)을 보며

산과 바다는 불이(不二)의 세계라고 문장을 쓰면
그것은 너무나도 뻔한 법문과도 같다

그렇더라도

산이 만든 한여름의 진녹색 녹음의 바다를 보고
바다가 만든 한겨울의 짙푸른 파도의 산을 보면
산과 바다는 불이의 한 몸이라고 말하지 않을 수 없다

산은 산이고 바다는 바다이지만
산이 바다이고 바다가 산인 것이다

바다 101

바다의 수심도
마음의 수심도
모르기는 마찬가지이다

과학자들은 긴 자로 해심을 재고
스님들은 곧은 눈으로 지혜의 깊이를 측정하나

누구도 진실상을 말하기는 어렵다

무량(無量)하다고,
부사의(不思議)하다고,
무유정법(無有定法)이라고,

그저 에둘러서 말하는 화법을 동원할 뿐이다

바다 102

존재를 씻는 일 가운데 으뜸은 해수욕이다

바닷물로 목욕을 하면 바다가 되나니

틈날 때마다 바다에 가서 바닷물로 몸을 씻을 일이다

바다는 아니지만 바다의 이름을 가진 사해(死海)를 방문해 보라

사해의 짠 물이 응급실의 비상약처럼 상처를 치유하고

사람들은 그 부력으로 풍선처럼 떠다니며 유영을 하지 않는가

시간이 나면 이런 바다를 찾아갈 일이다

그런 곳에 가서 묵은 업장을 씻고, 녹여볼 일이다

바다 103

가이없는 바다 앞에 서면

지구는
둥글다고 말해도 괜찮고
평평하다고 말해도 괜찮다

괜찮은 것뿐인 바다

상대를 넘어선 절대가 허용되고
절대를 넘어선 상대가 허용되는
괜찮은 바다, 포월의 바다

바다 104

바다에서 『금강경』 공부를 철저하게 해보면 어떨까

범소유상(凡所有相) 개시허망(皆是虛妄)
약견제상비상(若見諸相非相) 즉견여래(卽見如來)*

불응주색생심(不應住色生心) 불응주성향미촉법생심(不應住聲香味觸法生心)
응무소주(應無所住) 이생기심(而生其心)**

일체유위법(一切有爲法) 여몽환포영(如夢幻泡影)
여로역여전(如露亦如電) 응작여시관(應作如是觀)***

---

* 무릇 상이 있는 것은 다 허망하다. 모든 상이 상이 아님을 본다면 바로 여래를 보리라.

** 마땅히 색에 머물지 말고, 성향미촉법에도 머물지 말고 마음을 내라. 마땅히 머무는 바 없이 마음을 내라.

*** 일체의 유위법이 꿈 같고, 환상 같고, 포말 같고, 그림자 같고, 이슬 같

약이색견아(若以色見我) 이음성구아(以音聲求我)
시인행사도(是人行邪道) 불능견여래(不能見如來)****

바다야말로 『금강경』을 공부하는 데 최적지이다
특별히 사구게(四句偈)를 공부하는 데 길지이다

고, 번갯불 같으니 마땅히 이같이 보라.

**** 만약 색으로써 나를 보거나 소리로써 나를 본다면 이것은 사도를 행하는 것이므로 여래를 볼 수가 없다.

바다 105

얼핏 보면 바다는 항상 같은 모습을 하고 있는 것 같으나

실로 깊이 관찰하면
바다는 한 번도 같은 모습을 하고 있지 않다

어디 바다뿐이랴

만유가 무상의 길을 가고
바다는 앞서서 큰 몸으로 그 소식 비장하게 전할 뿐이다

바다 106

바다는 생각이 없는 것만 같다

어디에도 머물지 않고 파도가 일어나고
어디에도 집착하지 않고 파도 소리를 내며
어디에도 애착하지 않으며 밀려왔다 밀려 나아간다

단지 그렇게 할 뿐
아무것도 바라는 바가 없는 지상의 가장 큰 지혜인이다

바다 107

바다에 기대어 사람들이 살고 있다
배를 띄우며
미역을 기르며
조개를 주우며……

바다에 기대어 사람들이 살고 있다
파도를 공부하며
노을을 바라보며
수평선을 사랑하며……

바다에 기대어 사람들이 깨어나고 있다
아침을 맞이하며
추운 겨울을 통과하며
긴 세월을 살아내며……

바다에 기대어 사람들이 다시 태어나고 있다

감각을 정돈하며
감성을 다스리며
지성을 연마하며
영성을 일깨우며……

바다에 기대어 사람들이 살아가고 있다
진리에 귀의하는 신앙인처럼,
진리를 사모하는 공부인처럼……

바다 108

파도가 바다의 본원상이 아니듯이
파도 소리도 바다의 본원상이 아니다

그러나 달리 한 생각 바꾸어보면

파도가 바다의 본원상이고
파도 소리가 바다의 진실상이다

바다 109

밤바다가 하늘의 별들을 바라보며 깊어질 때
하늘의 별들은 바다를 드나들며 숨바꼭질하고 논다

바다와 하늘은 아래쪽과 위쪽의 양 극단

법정(法頂) 스님 말씀처럼
세상의 많은 것들이 먼 곳에 무관한 듯 있지만
실은 가깝고 애틋한 관계

밤바다와 천상의 별들을 바라보며
멀지만 가까운 인연을 생각해본다
멀어서 건강한 인연을 생각해본다

바다 110

하나님의 손길이 임해야만 모세의 바다도 갈라졌듯이

이 세상에서 가장 보기 어려운 일은
바다가 서로를 떠나며 둘로 이별하는 것이다

바다는 갈라져도 금세 하나가 된다
바다의 문법엔 처음부터 이분법이 없다

바다의 삶은 그래서 초월을 가리키고
바다의 철학은 그래서 비현실 같다

서해안의 제부도에서 바다가 갈라졌다고 사람들이 흥분한다
남쪽의 진도에서 바다가 갈라졌다고 사람들이 뉴스를 전한다

그러나 바다는 본래 하나로 사는 존재
우주의 근본법을 가장 실감 있게 보여주는 세계

바다 111

이 땅의 무수히 많은 아픈 사람들이
눈 밝은 이를 찾아와 백팔번뇌를 꺼내놓고

좋은 말씀 한 마디 구한다고 청법(請法)을 하면

처방이자 법문은 언제나 한 가지이다

“푸른 바다에 한번 다녀오십시오”

바다 112

수평선은
볼 수는 있으나 만질 수는 없는 선이다

수평선은
사랑할 수는 있으나 가질 수는 없는 선이다

수평선은
품을 수는 있으나 간섭할 수는 없는 선이다

바다 113

바다도 아플 때가 있을 것이다

몸을 가누기 어려울 만큼
잠이 들 수가 없을 만큼
홀로 아픔을 품어 안고 삭혀야 할 때가 있을 것이다

그러나 바다는 지혜롭고 과묵하다
시간이 지나가면 아픔이 점차 사라지게 될 것임을
마음을 다스리면 아픔이란 조금씩 줄어들게 될 것임을
아픔조차 실은 무상의 길 위에 있는 것임을
바다는
알고 있는 것이다

'이 또한 지나가리라'는 지혜의 말씀과
아픔이 밝음으로 전변되는 생의 놀라운 역설을

바다는

알고,

믿고,

실행하며 살고 있는 것이다

바다 114

바다의 분모는 무한과 무변, 무궁과 무극
수학자가 발명한 마이너스 무한대와 플러스 무한대가 여기에 있다

분모가 커질수록 자아는 확장되고
분모가 커질수록 사유는 넓어지고
분모가 커질수록 사상은 깊어지고
분모가 커질수록 삶은 보람으로 가득한데

바다가 지혜를 닦았다면 그것은 분모의 광대함 때문이리
바다가 자비를 행한다면 그것도 분모의 광대함 때문이리

사람들이 바다를 사랑한다면 그것 역시 분모의 무량함 때문이리

바다 115

호모 스피리투스!

Homo Spiritus!*

이 느낌표가 달린 인간의 정의 앞에서

신성을 지닌, 성스러움을 그리워하는,
거룩함이 미학인, 은총과 사랑을 아는,
인간의 최고 자질을 생각한다

바다 앞에서, 바다를 바라보면서
인간들은 저절로 영성적인 존재가 되고
잊었던 불성(佛性)은 새봄처럼 밝게 피어난다

---

* D. 호킨스, 『호모 스피리투스』, 백영미 역, 판미동, 2009 참조.

바다 공부의 처음은 이 영성과 불성을 신뢰하는 일

바다 공부의 마지막은 이 영성과 불성이 일상이 되는 일

혼자서도 공부가 저절로 된다면
굳이 바다를 불러내며 소란할 까닭이 없으리라

그러나 교과서 없이 공부하는 사람이 드물듯
선생이 없이 독학하는 일이 지난하듯

한계 많은 인간들은 바다라도 부르며
바다라도 자주 찾아가며
영성과 불성을 해독하고 보기 좋게 증득해야 하리라

'호모 스피리투스'라는 인간 정의와

지구의 삼분지 이를 장엄한 바다는

누가 무어라 해도 이 시대 인간들의 미래이다

아니 미래를 넘어선 복음이다

정효구 鄭孝九

충북대학교 국어국문학과 교수이며 문학평론가이다. '시와시학상'과 '현대불교문학상'을 수상하였다. 첫 저서 『존재의 전환을 위하여』(1987) 이후 최근 저서 『불교시학의 발견과 모색』(2018)에 이르기까지 다수의 평론집과 학술서를 출간하였다. 이번에 출간하는 에세이집 『바다에 관한 115장의 명상』은 첫 에세이집인 『마당 이야기』(2008) 이후 『맑은 행복을 위한 345장의 불교적 명상』(2010)과 『다르마의 축복』(2018)에 이어지는 네 번째 에세이집이다.

바다에 관한 115장의 명상

초판 인쇄 · 2019년 7월 1일
초판 발행 · 2019년 7월 10일

지은이 · 정효구
펴낸이 · 한봉숙
펴낸곳 · 푸른사상

주간 · 맹문재 | 편집 · 지순이 | 교정 · 김수란
등록 · 1999년 7월 8일 제2-2876호
주소 · 경기도 파주시 회동길 337-16 푸른사상사
대표전화 · 031) 955-9111(2) | 팩시밀리 · 031) 955-9114
이메일 · prun21c@hanmail.net
홈페이지 · http://www.prun21c.com

ISBN 979-11-308-1444-5 03810
값 14,000원

이 도서의 국립중앙도서관 출판예정도서목록(CIP)은 서지정보유통지원시스템 홈페이지(http://seoji.nl.go.kr)와 국가자료공동목록시스템(http://www.nl.go.kr/kolisnet)에서 이용하실 수 있습니다.(CIP제어번호: CIP2019024428)